Vlady l'espion des dunes

Olivier Dupin

Illustré par
Layla Benabid

Chapitre 1

Wendy adore les grasses matinées, c'est une vraie marmotte. Alors, se lever à quatre heures du matin est un supplice.

Aujourd'hui, elle part en vacances en famille. Ses parents préfèrent partir de nuit. Comme ça, « les enfants peuvent dormir » dit Maman, et « les routes sont tranquilles » dit Papa.

Sauf que les autres vacanciers ont la même idée et qu'avec un petit frère comme Mathéo, il est impossible de dormir. Il bouge tout le temps, avec des quand-est-ce-qu'on-arrive-? et des j'ai-faim-j'ai-soif.

Départ en retard. Les garçons ont lambiné. Papa avait oublié de préparer son sac de vêtements et Mathéo s'est cogné en grimpant dans la voiture comme un dératé. Résultat : des cris, des pleurs, un pansement sur le front et une maman grognon.

C'est en partie à cause de papa que le départ est retardé, mais il rouspète quand même. Au coin de la rue, après avoir parcouru une centaine de mètres, Mathéo demande si on arrive bientôt. Wendy boude, car son papa a refusé qu'elle apporte sa trottinette, faute de place dans le coffre.

Alors, Maman éclate :

— Nous partons en vacances, nom d'une pipe ! Tout le monde n'a pas cette chance ! Donc on arrête de grogner, de poser cent fois les mêmes questions ou de bouder ! Est-ce que c'est clair ?

Dans ces moments-là, personne ne bronche. Maman, c'est la « chef » de la famille.

Le silence règne maintenant. Tout le monde regarde dehors. La pleine lune éclaire le paysage d'une douce lueur bleutée. La radio en sourdine, lointaine, berce les enfants. Wendy s'endort paisiblement, en rêvant aux chouettes rencontres qu'elle fera pendant son séjour.

Chapitre 2

Le camping est enfoui au cœur d'une immense forêt de pins. Les branches filtrent la lumière et la chaleur. Il y fait presque frais malgré la canicule.

— Le mobil-home n'est pas comme sur la photo, constate Papa. Il devait y avoir une grande terrasse en bois. Là, il y a seulement de la pelouse jaunie.

Maman observe le mobil-home d'à côté.

— C'est vrai, on aurait dû avoir le même que celui-ci, ajoute-t-elle.

— Oui, mais celui-là, c'est le nôtre ! dit une voix d'homme derrière eux.

Ce sont les voisins. Personne ne les a entendus arriver.

— Vous avez un mobil-home de location, ajoute la dame. Alors que celui-là, on l'a acheté.

On a donc fait des petits aménagements.

Et pas n'importe quels petits aménagements. Le mobil-home dispose d'une longue terrasse en bois clair surmontée d'un auvent coloré. De jolies pierres rondes tracent un chemin jusqu'à l'entrée. Des petits pots de fleurs multicolores terminent le tableau.

— Nous sommes les Polochon, dit la dame.

— Les polo... bafouille Papa.

— Les Polochon. C'est notre nom !

Monsieur et madame Polochon sont à la retraite. Ils vivent dans le camping d'avril à octobre, et le reste du temps, dans leur maison à seulement quelques kilomètres d'ici.

— Comment s'appellent vos enfants ? demande madame Polochon, pendant que le monsieur rentre chez lui.

— Il y a Wendy, elle a 9 ans, et Mathéo qui a 5 ans, répond Maman.

— Veuillez excuser mon mari, ajoute-t-elle, c'est un vrai sauvage. Mais il est gentil, ne vous en faites pas.

Alors que les adultes poursuivent leur discussion d'adultes, Mathéo sort tous ses jouets.

Wendy quant à elle, parcourt du regard les mobil-homes qui l'entourent, à la recherche d'un enfant de son âge. Elle ne s'en rend pas compte, mais derrière elle, une silhouette l'épie, cachée derrière un pin.

Chapitre 3

Wendy aime bien arriver dans les premiers dans le camping. Ça lui donne l'impression d'être un peu chez elle. Elle fait le tour pour bien s'imprégner des lieux et sert de guide à ceux qui arrivent ensuite.

Après avoir exploré la piscine, la salle de jeu, le terrain de basket et l'espace des petits, la jeune fille se met en maillot de bain et prend la direction de la plage. Elle emprunte un chemin qui traverse une dune sauvage, profonde d'une centaine de mètres, au bout de laquelle la mer bat la mesure au rythme des vagues. Elle sifflote un air de sa chanteuse favorite quand elle entend derrière elle :

— Attends, je veux venir avec toi !

Son frère Mathéo. Il faut toujours qu'il fasse comme sa grande sœur. Wendy en a marre.

— Tu m'embêtes. Reste avec les parents, je n'ai pas envie de te surveiller, dit-elle sèchement.

— C'est Papa qui m'a dit que je pouvais. Il nous rejoint dans cinq minutes.

Wendy ne siffle plus. Elle est contrariée. Ce n'est pas avec son petit frère dans ses jupons qu'elle se fera des amis.

Alors que le bruit des vagues se fait plus proche, la jeune fille a la désagréable impression d'être suivie. Sans doute son papa. Elle se retourne, mais il n'y a personne. Peut-être a-t-elle rêvé.

Elle reprend sa route et entend du bruit derrière elle, comme un toussotement. Elle se retourne rapidement, mais encore une fois, elle ne voit que le sable et les arbustes.

Elle demande à son petit frère de se taire et attend un instant, l'oreille tendue. Rien ne bouge. On n'entend que la douce brise du large. Elle a pourtant cette le sentiment d'être observée. Pire, d'être en danger.

Wendy saisit la main de Mathéo et termine le chemin au pas de course. À la plage, elle est un peu rassurée. Il y a beaucoup de monde. Elle s'installe sur sa serviette et espère que son père arrivera bientôt.

Chapitre 4

Telle une couleuvre, Wendy reste immobile sous le soleil. Elle somnole, bercée par les vagues. Papa joue au bâtisseur de château, les mains dans le sable. Mathéo patauge dans les vagues. Quand sa maman arrive, ce n'est plus la même musique.

— Ça ne va pas, de lézarder comme ça ? Tu vas attraper des coups de soleil. Tu n'as même pas mis de crème solaire !

Papa aussi en prend pour son grade.

— Dis donc. Tu laisses tes enfants griller, sans crème ni chapeau ! Allez hop, on rentre au mobil-home et on file faire des courses.

Papa est tout penaud. C'est le troisième enfant de la famille. Il n'a pas fait attention au soleil. Il était trop occupé à construire un méga-chateau-de-sable pour son fils, qui n'avait rien demandé.

Sur le chemin du retour, la jeune fille a de nouveau cette désagréable sensation d'être observée. Mais cette fois, elle joue l'experte. Elle fait semblant de remettre la boucle de sa sandalette et jette des regards discrets au-dessus de son épaule.

Elle se concentre et guette le moindre bruit.

Un buisson frémit sur sa gauche. D'un bond, elle se relève et regarde ce qui s'y trouve : c'est un enfant. Un enfant entièrement vêtu de noir. Avec une cagoule, des moufles et des lunettes de soleil. En voyant la jeune fille, il déguerpit dans les dunes et disparaît.

Wendy se demande comment on peut supporter des vêtements d'hiver sous le soleil d'été. Aucun humain ne peut supporter cela…

Chapitre 5

Comme c'est souvent le cas, le premier soir, on fait la connaissance des voisins. Madame Polochon a invité toute la famille à boire un verre. Chacun raconte un peu sa vie, son métier, d'où il vient. Wendy n'est pas friande de ces discussions.

Elle décide donc d'aller faire un tour dans le camping. C'est le premier jour qu'on se fait des amis. Quand on arrive trop tard, c'est moins facile de s'intégrer. Elle se promène dans les allées, en direction de l'aire de jeu, un point de rendez-vous incontournable.

Alors qu'elle longe les barrières de la piscine, elle aperçoit de nouveau une silhouette qui se faufile entre les mobil-homes.

Elle reconnaît immédiatement l'espion des dunes.

Elle décide de le suivre. Cette fois, c'est elle qui devient espionne.

L'enfant, toujours emmitouflé, observe les vacanciers, en restant caché derrière un arbre ou une voiture. Wendy le suit, empruntant les mêmes chemins, les mêmes cachettes.

Alors que le soleil se couche, l'espion quitte le camping et emprunte le sentier de la plage, dans les dunes. Puis il le quitte, en direction d'une antique bâtisse abandonnée. L'enfant retire se cagoule et ses lunettes, mais la jeune fille ne parvient pas à voir son visage.

Elle marche à pas de loup, silencieusement. Malheureusement, elle ne voit pas les quelques branches mortes qui jonchent le sol et marche dessus. Le craquement fait se retourner l'enfant. Pendant une fraction de seconde, Wendy aperçoit ses yeux. Des yeux jaunes, terrifiants. Puis un voile noir. Elle perd connaissance. Seule, au milieu de nulle part.

Chapitre 6

Wendy se réveille. Sa tête lui tourne, comme si elle avait été assommée ou endormie. Elle doit faire un gros effort pour ouvrir ses yeux. Ce qu'elle voit la réveille en une seconde.

À la lueur d'un chandelier, trois visages blancs l'observent sévèrement. L'un d'eux est le garçon aux yeux jaunes. Les deux autres semblent être ses parents. Une particularité fait frissonner Wendy : de longues canines sortent de leur bouche.

— Qu'est-ce qu'on fait d'elle ? demande le père en caressant l'une de ses dents pointues du bout de l'index.

— Allons en discuter à côté, répond la maman. Vlady, surveille-la.

Vlady, c'est le garçon qu'elle suivait. Il la regarde, le

visage fermé. Quand ses parents passent dans la pièce d'à côté, il se détend. Il sourit presque.

Wendy est affolée. Elle voudrait parler, leur demander ce qu'elle fait là, mais les mots restent coincés dans sa gorge. Elle regarde autour d'elle en paniquant.

La pièce est lugubre. L'unique fenêtre est barricadée par des planches vermoulues.

— Vous… Vous êtes des… vampires ?! demande Wendy.

— Oui, mais ne t'inquiète pas, on n'a Zamais fait de mal à personne, dit le garçon en zozotant à cause de ses longues dents.

— Où sommes-nous ? demande Wendy.

— Dans l'ancien manoir de Pépé Dracula.

— Pépé Drac… Tu parles bien du Comte Dracula ? Le plus célèbre des vampires ?

— Oui, c'est l'un de mes ancêtres. Alors, on l'appelle « Pépé ».

— Mais il vivait en Roumanie ! s'étonne Wendy.

— Ze sais, dit Valdy en riant. Ici, c'était sa maison de vacances ! Nous sommes en vacances nous aussi, comme toi. Suis-moi, Ze vais te faire visiter le manoir.

Chapitre 7

Valdy agrippe le chandelier, saisit la main de Wendy puis l'entraîne dans les couloirs obscurs et poussiéreux du vieux manoir. La jeune fille est surprise par le comportement « normal » du petit vampire. On dirait un enfant comme les autres.

—Je n'y vois rien ! se plaint Wendy. Pourquoi n'y a-t-il pas plus de lumière ?

— Nous avons les sens très développés, explique Vlady, comme les chauves-souris. Nous n'avons pas vraiment besoin de lumière pour nous repérer.

— Et pourquoi les fenêtres sont-elles barricadées ?

— À cause du soleil ! Il nous brûlerait la peau.

Les enfants arrivent en face d'une grande porte cloutée. Vlady pousse le battant avec son épaule. Un inquiétant grincement déchire le silence.

— Voici la cuisine !

Wendy ressent alors une immense panique. Elle a entendu de nombreuses histoires sur les vampires suceurs de sang. Si Vlady l'entraîne dans la cuisine, c'est sans doute pour…

— Non, laisse-moi ! crie la jeune fille, je ne veux pas servir de déjeuner !

Vlady est incrédule.

— De déjeuner ?

Sur la longue table s'étalent différents mets : du poisson, du pain, des salades… Wendy est très étonnée.

— Vous ne buvez pas de sang ? demande-t-elle, un peu rassurée.

— Tu as écouté beaucoup trop d'histoires quand tu étais petite, dit-il en éclatant de rire. Ça fait bien longtemps que les vampires ne boivent plus de sang !

— Vous mangez de tout ?

— Oui, sauf de l'ail. On y est allergiques !

Le garçon guide ensuite Wendy dans un étroit couloir aux murs couverts de vieilles peintures décolorées représentant des ancêtres vampires.

Soudain la jeune fille aperçoit une porte d'où sort une raie de lumière.

— Qu'est-ce qu'il y a dans cette pièce ? demande-t-elle en posant la main sur la poignée.

Une voix la fait sursauter :

— Ne t'avise pas de rentrer ici !

C'est le papa de Valdy. Dans la lueur des chandelles, il est effrayant.

Il pousse Wendy dans une petite pièce sombre et claque la porte.

Elle entend juste une voix qui s'éloigne :

— Puisque tu es une petite fouineuse, tu vas passer le reste de la nuit ici !

Chapitre 8

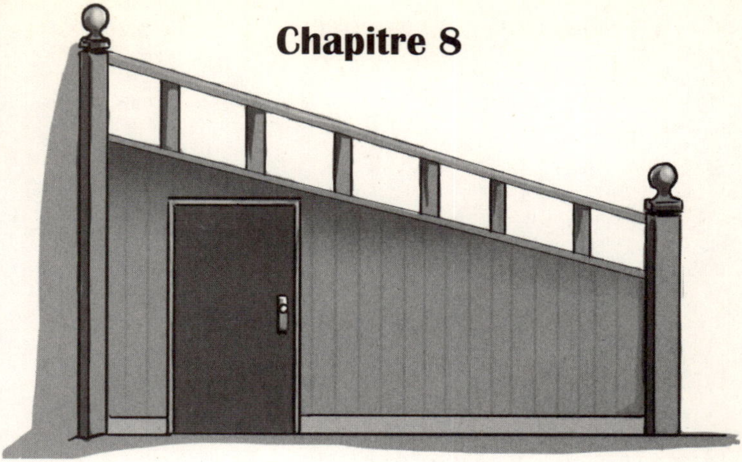

Wendy se met en boule sur le sol froid et nu du petit cagibi dans lequel est enfermée. Elle se demande pourquoi ils la gardent ainsi prisonnière.

Après quelques minutes, Vlady et ses parents viennent la voir.

— Excuse-nous, ma petite, nous n'avons pas voulu te faire peur, dit la maman d'une douce voix. En réalité, c'est nous qui avons peur. Si des humains nous trouvaient, ce serait catastrophique. Mais ne t'en fais pas, nous n'allons pas te faire de mal.

— Vous allez me laisser partir, alors ? demande Wendy.

La maman regarde son mari, elle est embarrassée.

— Non, pas pour le moment… dit-elle en quittant la pièce, suivie de son mari.

Vlady reste avec elle.

— Ze suis désolé. Ça ne doit pas être marrant pour toi, dit-il en baissant les yeux.

Wendy éclate en sanglots. Pour la réconforter, le petit vampire décide de lui raconter pourquoi ils la gardent prisonnière.

— Tu sais, nous ne te voulons aucun mal, mais ma petite sœur Eléna est malade, elle est allée au soleil, ça lui a brulé la peau. C'est la porte de sa chambre que tu as failli ouvrir. Mes parents sont très inquiets pour elle, c'est pour cela qu'ils paraissent un peu « agressifs »…

— Ça ne me dit pas pourquoi je ne peux pas partir, s'énerve Wendy.

— Si nous te libérons maintenant, tu risques de prévenir les humains, et ils viendront nous capturer, peut-être même nous faire du mal. À mon avis, nous te libèrerons dès qu'Eléna sera soignée et que nous pourrons à repartir chez nous.

Wendy tente alors une ruse :

— Il faut me laisser partir, sinon mes parents vont appeler la police. Et ils vont venir ici et vous trouver.

Vlady hésite.

— Si tu me laisses filer, je te promets de ne rien dire à personne.

Le petit vampire est troublé.

Pour sauver sa famille, il décide d'agir.

Chapitre 9

Vlady libère Wendy et la laisse partir dans les dunes. Puis, il retourne se coucher. Ses parents penseront qu'ils avaient mal fermé la porte.

En arrivant dans le camping, la jeune fille comprend que sa longue absence n'est pas passée inaperçue. Ses parents ont alerté le camping tout entier. Tous les vacanciers sont à sa recherche avec des lampes de poche. Wendy court vers son mobil-home et appelle son père.

Très rapidement, on prévient tout le monde que la jeune fille a été retrouvée. Les vacanciers rentrent chez eux, rassurés.

Le plus dur est à venir : il faut expliquer son absence à ses parents.

Wendy n'a pas la force d'inventer un mensonge. Elle raconte toute la vérité, dans les moindres détails : le manoir, les vampires, la petite fille malade.

Mathéo est époustouflé. Il n'a qu'une envie : aller chasser des vampires, comme dans les films. Son père est amusé, il trouve que sa fille a une imagination débordante. Sa mère est énervée. Elle ne croit pas ce que raconte Wendy. En guise de punition, elle l'envoie dans sa chambre sans manger.

Wendy regrette de ne pas avoir menti. Elle se couche, en se disant qu'elle va bouder. Toute la semaine au moins, pour montrer qu'elle n'est pas contente...

— Je veux te parler, dit maman, en entrant dans la chambre de la jeune fille. Maintenant que nous ne sommes que toutes les deux, dis-moi où tu étais ce soir.

Wendy éclate en sanglots et s'écrie :

— Tu sais que je ne te mens jamais. Je te jure que j'ai dit la vérité.

Sa maman se lève. Elle semble contrariée. Elle dit tout fort :

— On ne va pas les laisser là-bas sans rien faire ! dit-elle en sortant de la pièce.

— Non maman, n'appelle pas la police, ils n'ont rien fait de mal.

Mais sa maman quitte la pièce d'un pas décidé. Wendy se couche, désolée d'avoir trahi le gentil Vlady.

Chapitre 10

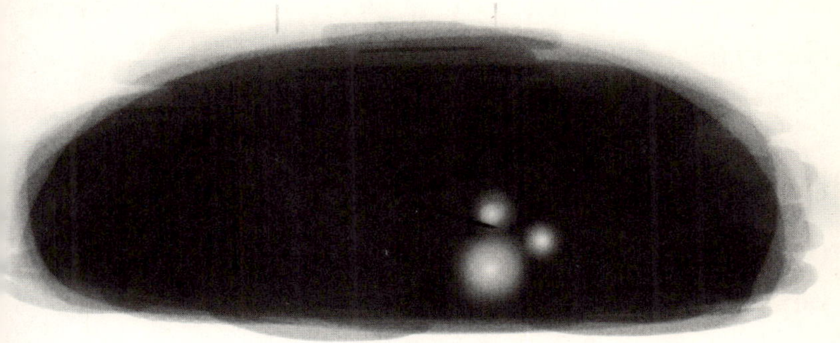

Dans le manoir, c'est l'effervescence.

La « petite humaine » s'est échappée. Les vampires savent que s'ils n'arrivent pas à partir rapidement, ils seront découverts dans quelques heures à peine. Peut-être même est-ce une question de minutes !

Par une fenêtre, la maman vampire observe les dunes éclairées par la lune.

Tout à coup, derrière la dune, elle perçoit des lumières qui s'approchent de la bâtisse.

— Nous sommes perdus !

Nous avons été retrouvés ! crie la maman vampire.

Toute la famille fonce dans la chambre de la petite. Papa vampire prend ses enfants et sa femme dans ses bras.

— Tout va bien se passer, dit-il, sans vraiment y croire, tandis que Vlady tremble de tous ses membres.

Une porte s'ouvre.

Des pas sur plancher du hall d'entrée, puis dans l'escalier. Vlady ferme les yeux.

Mais c'est une douce voix familière qui leur parvient.

— N'ayez pas peur, c'est moi, Wendy. Je suis avec ma famille. Nous sommes là pour vous aider !

Les vampires n'en croient pas leurs oreilles. Vlady vient leur ouvrir.

— Mon papa est médecin. Il peut sans doute vous aider, explique la jeune fille.

D'habitude, le papa de Wendy ne soigne que les humains, mais ça vaut le coup d'essayer.

Mathéo n'est pas là, il a été confié aux Polochon. Si Wendy était assez grande pour garder un tel secret, son petit frère n'en serait pas capable.

— Je vais voir ce que je peux faire, dit le papa de Wendy en souriant aux parents de Vlady.

Chapitre 11

Tout le monde sort de la pièce, excepté le papa de Wendy qui ouvre sa trousse de médecin, et la maman vampire qui s'assoit aux côtés de sa fille souffrante.

La petite vampire a la peau rougie et semble fiévreuse. Le médecin regarde ses brulures de près, sort un médicament puis une crème, et l'applique sur la peau brûlée.

Dans la bibliothèque, Vlady et Wendy se racontent leur vie. Wendy parle de l'école, de ses amis. Vlady parle des humains qui les pourchassent, de sa solitude. Ils s'échangent leurs adresses pour s'écrire et poursuivre leur amitié naissante.

Avant le lever du jour, la petite vampire se réveille. Sa fièvre est tombée. Elle semble ragaillardie. Après quelques essais, elle parvient enfin à se transformer en chauve-souris.

Monsieur et madame vampire en ont les larmes aux yeux. C'est la première fois que des humains leur viennent en aide.

Pour les remercier, le papa vampire offre à Wendy une jolie amulette dorée.

— Elle est magique. Si tu la sers fort en pensant à nous, nous le percevrons. Peut-être qu'un jour, c'est nous qui viendrons à ton aide !

Wendy le remercie chaleureusement.

C'est l'heure des « au revoir ». Wendy prend Vlady dans ses bras. Puis, dans un nuage de fumée, la famille vampire se transforme en une famille chauve-souris et s'envole dans le ciel étoilé.

En rentrant au camping, Wendy se dit que jamais elle n'avait fait une si étonnante rencontre.

Peut-être que Vlady reviendra en vacances l'année prochaine ?

LES ÉDITIONS
P'tit Baluchon

Achevé d'imprimer par Pulsio Sarl, Paris Juillet 2014
Imprimé en UE
Dépôt légal : Juillet 2014
ISBN : 979-10-91234-14-6
« Loi N°49-956 du 16 juillet 1949 sur les publications destinées à la jeunesse »